我想

对您说

WO XIANG
DUI NIN SHUO

金占明 著

中国文联出版社

图书在版编目（CIP）数据

我想对您说 ／ 金占明著 . -- 北京：中国文联出版
社，2023.10
ISBN 978 - 7 - 5190 - 5324 - 6

Ⅰ . ①我… Ⅱ . ①金… Ⅲ . ①诗集—中国—当代
Ⅳ . ①I227

中国国家版本馆 CIP 数据核字（2023）第 181646 号

著　　者　金占明
责任编辑　周　欣
责任校对　龚彩虹
装帧设计　中联华文

出版发行　中国文联出版社有限公司
地　　址　北京市朝阳区农展馆南里 10 号　　邮编　100125
电　　话　010 - 85923025（发行部）　85923091（总编室）
经　　销　全国新华书店等
印　　刷　三河市华东印刷有限公司

开　　本　880 毫米×1230 毫米　　1/32
印　　张　10
字　　数　224 千字
版　　次　2024 年 1 月第 1 版第 1 次印刷
定　　价　85.00 元

序

　　为我的第四本个人诗集《我想对您说》写序的困难超出了我的想象，几次拿起笔又不得不停下来，因为要讨论的主题是怎样才能写一首好诗，这超越了我的诗歌学养和驾驭文字的能力。但不写点什么又会感到不安和遗憾，毕竟我的前三本个人诗集都有一篇自序，也比较清楚地向读者介绍了自己诗歌创作的来龙去脉，以及从偶然走向必然的过程；还介绍了诗歌创作对自己生活的影响以及自己诗歌创作的特点。而这本诗集如果没有一篇序言是否让读者感到唐突，也会使我的《诗集》失去平衡之美，结果也许不是维纳斯断臂的残缺美，而是一种不作为的残缺。毫无疑问，每位诗人都想多写诗、写好诗。然而，什么样的诗才算好诗并没有公认的标准。有人认为长篇大论才算好诗，有人认为小而精才算好诗；有人认为文字华丽的诗是好诗，有人认为朴实无华的诗才是好诗；有人认为正面歌颂某些事物的才是好诗，有人认为从反面讽刺某些事物更有穿透力；有人认为意义明确，读者易于理解的诗才是好诗，有人认为文字委婉，意义含蓄的诗才是好诗，不一而足。但毋庸置疑的是，无论采用哪种写作方式，乃至不同的文学和艺术形式，如小说、戏剧、散文和音乐等，思想内容永远都是第一位的，如果一首诗或一篇文章没有一个明确的主题，不能传递一种思想和概念，甚至作者本人都不知道自己在说什么，显然不是一首好诗或一篇好文章，无论作者做出多少解释或评论家为之戴上怎样的桂冠。当然，思想内容并不是一种简单的是非判断或道德判断，而是需包含一种思想和清晰的概念，不是杂乱无章的文字堆砌。如果一首诗没有思想和内容，即使用上再多华丽的辞藻，读者也只能是雾里看花，不知所云。我们需要的是一个完整的建筑，而不是一堆没有结构和联系的建筑材料。换句话说，一首诗应该向读者提供一个满意的整体，从而使读者获得一个整体性的满足。

由于每个诗人的家庭背景、成长环境、所受的教育和文化熏陶不尽相同，所以擅长的内容和选择的表达方法必然也有自己的特点，但通过丰富的联想构建鲜明的意象也许是诗人最应该关注和努力的方向之一。没有丰富的联想和意象，诗歌就失去了灵魂，分行的文字就成了干瘪的框架。在我的长诗《梦萦西藏》里，在描写雅鲁藏布江的雄浑壮阔时，就用了巨龙和天河的意象；在描写巴松错湖的迷人景象时就用了翡翠和出浴的少女的意象；在描写羊卓雍错湖的风光时，就用到了明珠和绚丽的绿纱带的意象；在描述纳木错湖的绮丽时，就借用到了仙女和宝镜的意象。当然，一首诗里可能只有一个意象，也可能具有多个意象，并不能一概而论，取决于所表达的主题和内容。某些特定的主题或内容，可能并不需要一般意义上的意象。而需要通过其他的表现方式来完成概念和思想的构建。

就我个人的观察和感觉而言，与其他的文体，如小说、散文、报告文学等相比，诗歌最显著的一个特点就是特别讲究韵律，也就是"押韵"。事实上，从古风开始，经由近体诗，再到现在的自由体，押韵也许是诗歌最重要的表现形式之一。近体诗不仅要求严格的韵律，还对字数和"平、仄"等做了严格的规定。自由诗虽然没有严格的要求，但一首好的自由诗往往很"押韵"，读起来朗朗上口，而不是苦涩无味。当然，作者这里无意说没有韵律的诗都不是好诗，但好诗，包括戏剧里的台词都韵味十足也是不争的事实。从黄梅戏《女驸马》的经典唱段到胡宏伟的《长江之歌》；从贺敬之的《西去列车的窗口》到徐志摩的《再别康桥》；从郭小川的《团泊洼的秋天》到舒婷的《致橡树》和余光中的《乡愁》，它们的一个共同特点就是"押韵"。

毋庸置疑，精炼是诗歌又一个显著的特点。毛泽东曾经指出：新诗应该精炼，大体整齐、押大致相同的韵。可见，无论新诗还是旧诗，精炼是对诗歌创作的起码要求。其实，在保证思想内容完整的前提下，任何文学作品都要精炼，而不要懒婆娘的裹脚布又长又臭！而诗歌就更应该精炼。诗人余秀华就坦诚相告：因为天生残疾，写字和打字非常困难，所以选择用字最少的诗歌来创作。事实上，与小说通过细节和场景描述塑造人物形象不同，诗歌更主要的是通过形象化的语言来表达一种强烈的情感，简单的情节描述只是一种铺垫，所谓"诗言志"或"借景生情"大概指这个意思。比如，李白的"日照香炉生紫烟，遥看瀑布挂前川，飞流直下三千尺，疑是银河落九天"等。如果说小说的主要特点是叙事，那么，诗歌的主要特点就是抒情。只有情景描述而没有情感抒发的诗歌很难引起读者的共鸣。事实上，诗歌不可能也不应该试图通过细节的描述来塑造人物形象并与小说等文学形式争夺读者。因此，诗歌的语言一定是高度凝练和概括性的，试图通过冗长的叙述来表达作者的情感无疑会事倍功半。

诗歌是否具有上述主要特点也许仁者见仁智者见智，但诗歌要给人以美感和阅读、朗诵的享受确是诗人和读者的基本共识。遗憾的是，什么是诗歌的美却不是简单的语言所能描述的，正像我们说一个女孩漂亮与否一样，反正第一眼看上去就有赏心悦目的感觉，还有进一步观察和了解的愿望，而不是避之唯恐不及。当然，这只是一个比喻，更不是提倡以貌取人。虽然什么是美并不能一概而论，但五官端正，身材匀称，体态健康，结构均衡是构成人体美的基本要素也是不言而喻的。对一首诗而言，排比、对称、首尾呼应、适当的复查也是构成美的基本要素。适合朗诵则是构成诗歌美的另外一个重要元素。这里，我无意说适合朗诵的诗都是好诗，但好诗都适合朗诵也是事实。用科学语言描述的话，适合朗诵不是好诗的充要条件，却是好诗的必要条件。换句话说，将诗歌区分为朗诵诗和非朗诵诗是对诗歌的曲解，会对初学者造成误导。

当然，一首好诗包含的要素显然不止上述这些，但它们确是基本和最重要的因素，抛开这些因素去追求诗歌的完美显然是舍本求末，与其他的文体相比，诗歌不仅要有思想内容充实和健康向上的内在美，还要有结构完整和对称、语言精练和简洁的形式美，让人读或朗诵的时候欲罢不能，爱不释手。读一首诗应该让读者完成一次愉快的心灵之旅。

下面就用一首小诗对上述做一个总结，也是我个人的诗观。

每个诗人
都有自己的诗观
如果你问我
我也有自己的格言
除了思想和意象
我只追求
韵律、精炼和美感

金占明

2022 年 10 月 10 日于清华园

第一辑　中国脊梁

第四辑　灵魂的神话

第五辑　我的时代感

第六辑　露台听雨

第一辑

中国脊梁

祖国，我应该想什么

如果你爱她
不应该
只是在异国他乡
流离失所的时候
想到她

如果你爱她
不应该
只在身陷险境
困苦无助的时候
想到她

如果你爱她
不应该
只在人到暮年
需要保障的时候
想到她

如果你爱她
不应该
只在春暖花开

一片祥和的时候
想到她

如果你爱她
应该
在建设国家
依法缴税的时候
想到有你

如果你爱她
应该
在发生自然灾害
需要支援和募捐的时候
想到有你

如果你爱她
应该
在疫情蔓延
千里逆行的时候
想到有你

如果你爱她
应该
在母亲"有难"
需要支持的时候

想到有你

如果你爱她
不应该
只爱她秀美的山川
而应该在治理沙丘和荒漠的时候
想到有你

如果你爱她
不应该
有任何一点苛责
而应该在需要奉献青春和智慧的时候
想到有你

2021.09.28

中国脊梁

——致敬麻风病防治专家李桓英

一位百岁老人
——李桓英
荣获国家科技进步一等奖
声名显赫
而这些荣誉
却关联着一个令人生畏的词语
麻风病

曾经
一提到麻风病
人们就会不寒而栗

出人意料
从年近花甲到百岁高龄
她为麻风病患者
付出了 40 多年的赤子之情
云贵川人人避之唯恐不及的麻风寨
留下了她不知疲倦的身影
她和患者握手、拥抱
以表达战胜疾病的坚定

短程联合化疗方案

获得百分之百的好评

勐腊县的麻风病患者

全部领到了政府颁发的"治愈证"

新中国成立时

患有麻风病 52 万同胞

通过垂直防治与基层防治网相结合的模式

70 年后这一数字基本归零

她曾因意外摔伤了三根肋骨

对事业的追求还是一往情深

每当被问及 1958 年为什么归国

她的回答朴实而清醒

"我是一个中国人，

故乡是北京"

创造"一个没有麻风病的世界"

是她的心声

她不是一个普通的妈妈

她不伶仃

在千千万万个麻风病患者的心中

她的一举一动都是母爱的象征

她用无疆大爱

守护他们脆弱的生命

更有 14 亿中国人
向她致敬

她的身上
闪耀着人性的光辉
我们羡慕她、尊敬她
不仅因为她已有百岁的高龄
还因为她的精神
像她心心念念的凤尾竹
四季常青

2021. 10. 28

纪念艾青
——我为艾青写首诗

纪念艾青
就要像他对待大堰河一样
对生养的土地怀有一片深情

纪念艾青
就要像他一样扎根泥土
倾听最底层人民的呼声

纪念艾青
就要像他一样心中装着太阳
黑暗中追寻光明

纪念艾青
就要像他身陷囹圄时一样
坚硬如礁石

纪念艾青
就要像他犀利的目光一样
分清爱憎

纪念艾青
就要像他一样吹响号角
而不是粉饰太平、欺世盗名

纪念艾青
就要像他一样天真
保持纯洁的心灵

2021.05.28

先 驱

——《觉醒年代》观后感

陈独秀和李大钊
中国新文化运动的伟大先驱

他们的理想高过天空
又把眼前的危险留给自己

满腹经纶,学贯中西
又能伏下身来亲吻黄色的土地

身陷囹圄
牢房和研究室同义

甘洒热血
思想家和战士融为一体

他们没有媚颜
有一身的骨气

他们不效忠哪个政权
只是追求真理

他们研究现实
也高擎理想的火炬

他们用橄文化作利剑
刺穿一切虚伪的外衣

也让我们为自己的无知和无为
流下感佩和愧疚的泪滴

2021. 08. 01

我想对您说

——纪念毛泽东诞辰 128 周年

我想对您说
《东方红》
是我会唱的第一首歌

我想对您说
我未曾去过而又熟悉的一条河
是有九道弯的浏阳河

我想对您说
世界上的山千万座
您住过的井冈山
最巍峨

我想对您说
《毛主席去安源》的那张油画
我的印象最深刻

我想对您说
您住的延安窑洞虽小
点的油灯

却是我眼中最耀眼的灯火

我想对您说
您指挥三大战役
运筹帷幄
让西柏坡成为世界上著名的村落

我想对您说
老三篇
及您的三十七首诗词
是我能倒背如流的著作

我想对您说
无论怎样书写和评价历史
人民最懂得是非功过
您留下的江山是红色

我想对您说
在我的认知中
您是政治家、军事家、思想家、哲学家和诗人
前无古人
后无来者

我想对您说
无论走在哪里

又经历什么
我也和您一样
深深爱着祖国

2021. 12. 22

奇 迹

无论怎么说
作为一个组织
从成立时只有 50 多个人
到有 9600 多万的党员
中国共产党
是一个伟大的奇迹
万里转战
战胜了多少风霜雨雪
街头巷尾
又躲过了多少刀枪剑戟
他代表了社会前进的动力
或者说
他比别的组织更实际
上承 5000 年文明的熏陶
又扎根贫瘠的大地
多少次浴火重生
100 年筚路蓝缕
奇迹不奇
存在就是合理
历史再迂回曲折
人间自有正义

2021.07.01

青海湖的回响

青海湖的回响
不是 4456 平方千米的宽广
不是四面环山
和旖旎的风光
也不是漫山遍野的油菜花
和珍珠般的牛羊
更不是传说中的宝镜
和引 9 条水汇聚的西海龙王
……

而是当年汽车驶过日月山时
呼吸的急促和心慌
从那以后，海拔 3200 米
成为一道心理屏障
让我错过了
多少风景如画的地方
譬如梅里雪山
还有神奇的西藏
……

仔细想想
当时的反应也许只是过度的紧张

而留下的阴影
却那么绵长

人生
尤其是向高处攀登
不仅需要知识
还需要勇气和力量

2021. 10. 24

这是你吗，松花湖

——老同学们游松花湖有感

你头上的天空
像青海湖上空一样湛蓝
白云
疑似飘过布达拉宫的身边
斜阳下，远山如黛
层林尽染
而你，波平如镜
安逸地躺在她的臂弯

这是你吗，松花湖
你是否听到我带有疑惑的呐喊

老同学
如果你听到浪涛叩击船舷
那代表我的一份眷念

2021.07.19

昆仑山的晚霞

嫣红的晚霞

艳丽

通透

像一个醉酒的仙女

披着红衣

一不小心

跌倒在天河里

溅起

如梦如痴的涟漪

形态各异的云

有的似披肩

有的似发髻

水乳交融

浑然一体

昆仑山的晚霞

变幻莫测的神奇

稍不留神

会将你我裹挟进去

2021. 09. 16

在韶山

我心潮澎湃
却没有写下只言片语
因为伟人的伟大
和我的渺小
隔着万水千山的距离

他在挥手之间
重整了河山
春风化雨

我仰视着他的铜像
思绪万千
竟动不了笔
......

2021. 11. 23

长春记忆

不是地质宫
不是长春电影制片厂
也不是一汽
而是重庆路的包子铺
给我留下深刻的印记

几屉灌汤小笼包
两杯扎啤
外加两碟小菜
只要4块多人民币

每个月我和好友在那里饱餐一顿
是我1977至1982年四年半里
最难忘
也是最愉快的记忆

想想
这也不足为奇
毕竟人要填饱肚子
才能谈这个理论
那个主义

2021. 10. 02

张家界

记忆中的张家界

扑朔迷离

山里有洞

洞里有山

山前有川

川后看熔岩

云在山中飘

青松生绝壁

人在画中游

画随游人转

而且，每时每刻

眼前的景色都会变幻

让人迷惑

仙境搬到了人间

或者自己成了仙

2021.09.17

扬州，你还好吗

扬州
你还好吗

我期盼
早一点再去湖畔饭店
对酒当歌
醉倒在"红楼宴"

我期盼
再和女儿结伴
领略瘦西湖绮丽的风光
五亭桥前
笑容灿烂

我期盼
同胞们早一点脱离疫情的苦难
还千年古城
多姿多彩的容颜

2021.08.13

我没敢去敦煌

我到过西部很多地方
我没敢去敦煌
因为我不懂艺术
也称不上目光如炬
怕我看到的
和人们说的不一样
毕竟莫高窟壁画
也经历了千年沧桑
就像少年时代
听过的童话
和某些时候自己梦中的幻想、真实的世界
很不一样

我想
又怕去敦煌
最好梦见
月牙泉的月光

2021.08.11

广 州

从古到今
你享有盛名和美誉
是花城
也是要地
但这些
和我有太远的距离

我只记得吃在广州
这样一句俗语
可又有谁不承认
民以食为天
也是真理

2021.07.16

芦 花

曾经
那么喜欢菊花的香
和兰花的清雅
……

而今
目光所及
却更喜欢眼前这片芦花

长在浅水洼里
不需要精心照料
也不慕风华

经历了风霜
半头白发
活得仍然挺拔

老去了
可以入药
奉献了生命

芦花
像曾经的爸爸
曾经的妈妈

2021. 10. 01

云 海

云海
千姿百态
云柱如山
有的高，有的矮
有的云黑
有的云白
有的云似仙女
有的云如鬼怪
有的云如蛟龙翻飞
有的云似白菊盛开
雾若薄纱
遮住少女的胸怀
远眺，海连着天
俯视，天连着海
云在雾中行
雾在云上盖
银燕画中飞
疑是寻梦来

2021.09.26

想兰州

从小我就知道
兰州
是甘肃省省会
当然也知道
黄河穿城而过
牛肉拉面享誉全球
还有的
竟然就是《想兰州》
在娜夜出名后
开始流传
脍炙人口

2021.12.29

我的水杯

我有一个陶瓷杯
弥足珍贵
除了印有我的名字
还有红色的熠熠发光的国徽

再仔细看
杯体上
还有毛泽东的草体词
《采桑子·重阳》

杯子的底部
写着"中南海怀仁堂珍品"字样
陶瓷的表面
光洁明亮

我珍惜这个水杯
文化和艺术的韵味
当然
还有它的质地和身份的尊贵

2020. 12. 18

醉人的美

山有山的美
挺拔雄伟
河有河的美
曲折迂回
画有画的美
熠熠生辉
诗有诗的美
直抵心扉
每个地方
都有每个地方的美
每个季节
都有每个季节的美
而在我的眼中
只有清华园
秋天的美
才是醉人的美

2021. 10. 20

晚　霞

晚霞如火
匍匐和燃烧在云底
隐忍
含蓄的瑰丽
我喜欢她，不为别的
只因为晨曦
太过匆匆
已离我远去

2021.08.08

我想对你说

我想对你说
岁月是一条河
我和你
就是两个小小的漩涡
撞出浪花
只是一种巧合

不料想
你却裹挟了我
在意外获得中痛苦
却在失去中欢乐
让我茫然
随波逐流是对还是错

我只想对你说
如果没有遇到你
你也许还是你
我却不是我

2021. 12. 26

掌声响起

我听过尼亚加拉大瀑布的咆哮
也听过故乡的小溪

听过长白山的松涛
也听过嘉陵江畔的芦笛

听过歼 20 战斗机的轰鸣
也听过林间小鸟的喊喊喳喳

听过《二泉映月》的二胡独奏
也听过贝多芬的命运交响曲

听过演说家激情澎湃的演讲
也听过红颜知己的细语

我最感悦耳的
还是课程结束时
学生们响起的掌声

如果你说这是矫情
也不足为奇

毕竟你不是我

我也不是你

2020. 09. 30

冬天的边上

向阳坡的积雪
开始融化
在枯草的下面
绽出了新芽

一对南方的燕子
准备北迁
叽叽喳喳
在梁间呢喃

1915 年陈独秀在上海
办了刊物《新青年》
鲁迅在黑暗中
发出呐喊

1927 年南昌起义的枪声
声声震撼
井冈山的火把
将星火点燃

疫情虽在扩散

好的疫苗和药物也在不断涌现

共建人类命运共同体

中国智慧和方案

冬天的边上

乍暖还寒

终挡不住春的萌芽

春的蔓延

2022. 01. 23

天宫课堂

几千万人聆听
不是一次简单的课堂
它是中国航天人
在外太空写下的最美诗行

作为诗人
我多了一个梦想
有一天
我要把自己的诗歌
融入天宫课堂
借助"天神"的力量
让中国故事传遍四面八方

2021. 12. 09

橘红色

有人喜欢绿色
因为它代表和平和活泼
有人偏爱红色
因为它象征幸福和火热
……

只有在生命垂危
看到有人拼死相救的那一刻
才猛然醒悟
那一抹抹橘红
才是生命的颜色

2021.11.20

故 乡

在一些人的心里
故乡
就是没有现在居住的地方好
心心念念
却不愿意回去生活的地方

或者是比现在居住的地方好
却因为某种因素
想回回不去的地方

2021. 11. 29

星　空

多少年了
故乡
一个偏僻小山村的星空
却一直在我的记忆中
像一幅水墨画
栩栩如生

摇摇欲坠的
星星
触手可及
蓝蓝的
静静的
天空
伴着我童年的梦

2021. 12. 16

季节的颜色

向楼下望去
银杏树铺上了一层鹅黄衣
枫树一片猩红
在秋日的阳光下
无比瑰丽
而柳树
则染上了厚厚的墨绿色
让人感觉
平淡无奇
……

我猛然醒悟
季节原来也是有颜色的
春天是翠绿色的
夏天是五颜六色的
秋天是金黄色的
冬天无疑是白色的

每个季节都有自己的颜色
这是我晚秋的收获

2021. 10. 29

脚 下

我们再小
瀚海再大
只要我们站起来
不趴下
沙漠
仍然在我们脚下

2021. 12. 10

月牙泉

因为稀少
才弥足珍贵
敦煌月牙泉
不只是沙漠里的一滴泪
还化去无数情侣的相思之苦
留下不尽的回味

2021. 12. 10

月亮眼

山谷的夜晚
看月亮眼
如果没有哲学
和观念建构
世界
其实并不存在

2021. 12. 11

错　觉

太阳给云披上霞光
凤尾纹的花样
像新娘的婚装
海滩上
是石头的错觉
误以为自己
飞到了天上

2021. 12. 11

红　色

红色
象征着生命和蓬勃

红色
今日国徽和国旗的底色

红色
也是党徽和军徽的底色

国庆节、八一建军节、党的生日
唱红歌

春节
挂红灯笼

中国红
红色的中国

红色
也是血的颜色

2021. 06. 26

驾车驶过天安门广场

华灯初上
我开车驶过广场
长安街两旁高楼林立
街面上洒下最璀璨的灯光

和 40 多年前看到的北京相比
一切都变了样
路加宽
灯更亮
每一处的变化
都彰显着国家的力量

来北京看一看天安门
曾经是孩童时代的向往
而今好梦成真
每天就住在她的身旁

然而，因为年龄的增长
和伴随而来的轻狂
天安门城楼
再也不是童年时代心中的形象

2020. 12. 06

无名树

——题史晋宏玉渊潭照

谢了花和叶
走过花季
腰杆仍然挺直
美还在她的心里
枝丫纤纤
轻吻广袤无际的蓝
通向空灵的深处
不朽的信念

2021. 10. 27

第二辑

鸿 雁

春天来了

昨夜一场小雨
让楼下的草坪
泛起了新绿
不知名的小草
都顽强地冒出了新芽
向远处望
那排垂柳在阳光照耀下一片新翠
桃树的每个枝杈上都绽出了花蕊
四季常青的松柏
脱下了墨绿色的裙袆
……

屋檐下的几只燕子叽叽喳喳地叫着
几只喜鹊则在空中盘旋
无论经历了怎样的严寒
春天
还是跟着她们
来到了我们中间

2022. 03. 12

鸿 雁

记得那一年
一只鸿雁
不知道什么原因
栖息在我并不富饶的家园
我并不知道
她当时是南迁还是北迁
只是觉得她的羽毛和抖动
都让我喜欢
多少年了
我一直以为
鸿雁抵达的地方
都是我心中的桃花源

这也是
我在巴黎学习的那一年
在通信的结尾处
你的署名：鸿雁

2022. 03. 26

题记：

读了《人民日报》："10 年前，他离开了我们……临终前这句话令人泪目。"

马兰花开

——写在林俊德院士逝世 10 周年

林俊德院士走了
他没有遗憾

他一辈子隐姓埋名
坚守在戈壁荒漠 52 年

他临终前的两句话
传递着罗布泊每一次巨大轰鸣和震撼

他颤抖着对女儿说
"C 盘我做完了！"
那是一个科技工作者
对责任的承担

他再三叮嘱老伴儿
"死后将我埋在马兰"

那是一个赤子
对祖国最深情的眷恋

正是因为
他们的牺牲和奉献
生长在千里戈壁的马兰花
在祖国人民心中
永远灿烂

2022. 05. 31

母亲的希望

生前
她只希望我身体健康
粗茶淡饭
生活在她的身旁

天堂里
她只希望我心地善良
家国情怀
儿孙满堂

2022. 05. 1

蔷薇花墙

身侧，她似一条长长的绣帕
挂在蓝天下
葱茏的枝蔓上
绽放着五颜六色的小花

她们不与牡丹争花王
也不与月季和芍药竞风雅
依偎着围墙和栅栏
向上攀爬
让阳光和雨露
亲吻着面颊

白色的纯洁
粉色的温馨
黄色的似喇叭
恰像天上的仙女
舞动的裙衩

微风里
夕阳洒
携手漫步在花墙下

心旷神怡

醉啦，醉啦……

2020. 05. 19

清 明

我骄傲
爸爸妈妈的墓碑
与明长陵为邻
依山傍水

我惭愧
寸草春晖
"子欲孝而亲不待"
痛彻心扉

我知道
墓碑前流下的泪水
一半是怀念
另一半是忏悔

2022. 04. 5

维库：请你在天堂安息

维库
想不到我 3 月份的第一首诗
竟是以这样的方式
献给你

今天一早
传来了你辞世的消息
对我和千千万万的朋友与弟子
无疑是晴天霹雳
我们都感叹
你为什么走得这么急

我一时也找不到合适的语言
表达我们 30 年的友谊
那些往事
历历在目
又怎能忘记

忘不了你的谈笑风生
也忘不了工作中的互相勉励
忘不了家父住院时你夜间去陪床

免去了我在国外的担心和忧虑

忘不了我们一起完成的课题
很多地方留下了我们共同的足迹
忘不了在学术上互相探讨
也忘不了平日里一起度过的朝夕

你的足迹遍布大江南北
多少学子从你的课堂中受益
你在多少人心中播下了乐观向上的种子
把阳光心态深植在你爱的大地

维库
我永远怀念你
天堂没有痛苦
愿你在天堂安息

2022. 03. 01

读 你
——怀念吴维库

我写你的那首诗
创下了阅读量的新高
也算一个奇迹
对于这一点
我由衷地欢喜
却没有得意
我知道他们不是欣赏我的诗
而是读曾经的你

你过早地离去
对我们来说
既是一个悲剧
也是一个不解之谜

2022. 03. 13

我的忧伤埋在心里

有的诗人的忧伤挂在树上
有的诗人的忧伤在童年的田埂上
有的诗人的忧伤在草原的马背上
……

而我的忧伤
在我受伤的心坎上

2022. 06. 02

郑光明

——《人世间》观后感

我们都惋惜

他那么天真和善良

却是一个盲人

叫光明

却见不到光明

我们却忽略了

他也见不到黑暗

也许

他把光明装在了心里

比我们活得更坦然

2022.03.13

题记：

在青岛，到老同学韩国余、付广兰家里做客，他们的热情和细致让人感动。

老同学

青岛
再一次强化了我的记忆

两位老同学
从知道我在青岛的那一刻起
就一直催促我安排时间
聚一聚

国余问我喜欢吃什么
去饭店还是在家里
这次的决策
我竟然没有犹豫
连声回答
在家里，在家里

我还没有出发

国余就说：我在小区门口等你
与此同时
广兰早已在家里做好了一桌酒席
酒有白、果、啤
肉有鸡、虾、鱼
虽然他们女儿在饭店买了好几样很贵的东西
可我还是最爱吃老同学炖的鸡

唠家常
说邻居
说的最多的
自然还是学生时代的顽皮和情趣
尽管当年在校两年半的时间
和广兰说过的话都没超过五句
……

不知不觉
就是三小时过去
告别时
我们的眼眶里充盈了没有掉下的泪滴……

2022. 07. 31

第二辑 鸿雁

我也爱武大的樱花

因为爱清华
才爱校园里的紫荆花
因为荷塘的月色
才爱荷花的清雅

她的美
我眼中的一朵奇葩
偶然相遇
我也喜欢上了武大
和珞珈山上
灿烂的樱花

2022. 07. 10

不仅仅因为我们同龄

——纪念女诗人肖黛

像不认识诗人黑马一样

我也不认识你

中诗网上

无意间得知你逝世的消息

惋惜你的英年早逝

更惊讶于我们同样的年纪

我只能在你的遗作里

寻找你的痕迹

你留下催人泪下的《病中吟》

也写过滴着血和泪的《七夕有记》

你留下分手后的《记忆》

也讴歌青海漫长的美丽

……

写下这些话

致敬你那些朴实无华的诗句

天堂没有病痛

你可以尽情挥洒你的诗笔

2022.08.09

第二辑 鸿雁

两堆篝火

石老人的篝火
点燃在大海边
水天一色的傍晚

银沙湾的篝火
点燃在大漠边缘
背后大漠浩瀚

石老人的篝火
照亮学子们青春洋溢的脸
银沙湾的篝火
照亮老同学们的鹤发童颜

石老人的篝火
照亮学子们的青春
前程无限
银沙湾的篝火
照亮老同学们夕阳红的岁月
星光灿烂

置身海滩的篝火旁

想到曾经的青春年华

无悔无怨

远眺银沙湾

千山万水

隔不断老同学的思念

2022.08.17

露台上的鸟

这是一只什么鸟
突然落在我的露台
红色的羽毛
微微隆起的双腮
啄啄这，啄啄那
大摇大摆
随后竟跳上小茶几
叽叽喳喳地叫起来

过了一会儿
意识到没人理睬
她竟自顾自地飞走了
很快消失在我的视线之外
她的飞来又飞去
给我百无聊赖的午后时光
抹上了一道迷人的色彩

2022. 08. 03

我被篝火点燃了青春

晚会现场出现我的身影
只是想表达一下礼貌和友情
在同学们的欢声笑语中
一个大气球冉冉上升
寓意
大家都有美好的前程
篝火很快生起来了
大家围成一圈又跳又蹦
随着木柴劈劈啪啪地燃烧
我感到一股热浪在体内升腾
我还没有老
我还年轻
变老的是前额的皱纹
没有变老的是魂灵
明天我要把皮鞋擦得锃亮
我要开始新的出征
……

抬头望去
蓝色的夜空中
布满了一颗颗璀璨的星星

2022.08.05

因为爱她，才会看到她的伤疤

情人眼里出西施
并非假话

可我爱清华
并非她白璧无瑕

正像照片中的暗影
衬托了她的妩媚和风雅

因为爱她
才会看到她的伤疤

2022. 08. 19

致清华经济管理学院

偶然

我和你相遇

而今

要从你的身边隐去

30 年

筚路蓝缕

我和你

分享了鲜花和荣誉

也一道

经历了风和雨

无论喝下的是苦水

还是甘饴

冷暖自知

都是在你的怀抱里

2021.06.24

耳　语

郊野公园的西园
一片紫罗兰
茎枝不高
开的小花也不惹眼
一条石径小路
穿越其间
风吹过时
我明明听到她们在耳语
"我虽小，照样可以开得灿烂"
"我虽窄，照样通得远"

2021.07.20

感　触

再小的物体
也会激起一朵浪花
只要投进水里

再细的一株小草
只要有秋霜
就会沾上露滴

关于太阳
再少的一点消息
都会激起人们记忆的涟漪

每次见到你
我再怎么掩饰
心头也是狂潮涌起

2021. 09. 11

蚯 蚓

蛇全身的角质鳞
如一身的盔甲
比较韧、不透水
但蛇长大后
会毫不留情地蜕掉它

你不是蛇
心肠没变化
皮也一直没有蜕
一直没有长得很大

2021. 12. 09

你在哪里

曾经
……
今天
我还想给你寄一朵玫瑰花
可我不知道
可不可以
也不知道
应该寄向哪里

曾经
……
今天
我还想给你点一首歌
可我不知道
可不可以
也不知道
现在你还喜欢不喜欢那个旋律

曾经
……
今天

我还想约上你把酒言欢
可我不知道
可不可以
也不知道
是否已是话不投机

曾经
……
今天
我还想临别时给你披上外衣
可我不知道
可不可以
也不知道
是否你和别人依依相惜时洒下泪滴

曾经
……
今天
我还想与你
……

可我不知道
可不可以
也不知道
这是否是我的一厢情愿而已

曾经

……

今天

我还想这样呼唤你

亲爱的

你在哪里?

2022. 02. 14

人　生

　　——赠友人

人生如戏

岁月如歌

曾经

少不更事

错过了春色

又曾

虚度光阴

少了夏的热烈和活泼

人到中年

红尘深处

不能再失去秋的收获

时日无多

回首往事

总要给自己一个解脱

　　　　　　　　　　　　　　2021. 09. 07

时　光

过去的时光如流水
流去
不回头
却有痕迹
苦也好，甜也罢
都难忘记

未来的时光如浮云
飘来
又飘去
难料踪迹
不可测
只可期

当下的时光如风筝
收得来
放得去
随心所欲
可测也可为
最值得珍惜

忘记过去失去的
珍惜当下拥有的
期待将至的……
与岁月言和
善待自己
都不容易

2021. 07. 04

如 果

我相信

一个人无论衣着有多么光鲜亮丽

抑或是炙手可热

无论是富可敌国

或者生在书香门第

无论是大国工匠

或者在学术和艺术上获得骄人的成绩

无论他想独善其身

或者想承担什么道义

如果没有爱

在夜晚来临的时候

他的背后

仍然是巨大的空虚

极端之下

还会留下苦果和悲剧

祝英台跃入坟茔裂缝死去

唐婉忧郁死去

普希金决斗死去

顾城失恋死去

……

爱

只能弥补

不可代替

2021. 10. 09

双节思

国庆

百姓少烦忧

拜月

农人祈丰收

更喜华夏

两节叠金秋

猛然想起

海外女儿留

他乡疫情尚肆虐

平添几许愁

冷月伴无眠

思也悠悠，想也悠悠

2020.09.30

月 季

——题友人月季照

风透过窗
带来了秋雨的寒凉
他精心栽种的一株月季
突然枯黄
花蕊蔫了
花朵一瓣瓣掉落地上
花落无声
却敲痛了他的心房
她曾经为他那样盛开
如今却凋谢了
她伤心
气候无常
他也黯然神伤
却还要假装
月季没了
一切都没有变样

2021. 09. 04

月　季

不是
随手一拍
拍出了油画
装点着夏日的瑰丽

而是摄影师和月季
对美的理解
心有灵犀

2021. 08. 19

远 方

周围黑一点怕什么
只要前面还有路
远方还有光

2021. 07. 30

美与情

"美
原来等待在
爱慕的边缘
是悄然坠落时
那斑驳交错的
光与影……"

情
本就在
爱与恨之间
是偶然发生时
那苦乐相伴的
行与言

2021. 07. 10

太阳鸟

两只太阳鸟
在丛林中嬉戏
绕着绽开的花蕾
飞来飞去
一个在说：
等等
看我的
另一个在说：
亲爱的
我爱你

真希望
哪一天
这是我和你

2021.08.27

小小的幸福

幸福之一
徐州的学生转来一条信息
说那里的朋友很喜欢我的诗
"你像花儿一样美丽"

幸福之二
来自我们村的支部书记
希望我支持村里的一项活动
赞助 1000 元人民币
面对这样的请求
我竟丝毫没有犹豫

"勿以善小而不为"
快乐就来得容易
幸福可以很小
不一定要惊天动地

2021.09.29

我没有乡愁

赶上了新时代

好时候

航班

高铁

自驾

故乡一日可达

想走即走

想留就留

还可以与亲人视频聊天

天天碰头

和其他诗人一样

我已没有乡愁

再写它，也是壮年不知乡愁味

"为赋新词强说愁"

2021.09.02

期 盼

高兴
视频会议上相见
还是一样的声音
还是一样的笑脸

自豪
毕业不分长短
同样的成长
成绩斐然

有趣
还是当年的习惯
早到的还是早到
迟到的依然

感念
真诚的话语和陪伴
又一次
拨动我的心弦

遗憾

还有很多同学未见面

你们可安好

月光

请捎去我的思念

期盼

辛丑牛年

弟子们健壮如牛

幸福平安

2021. 02. 06 午夜

关心则乱

理性
一直是他头上的光环
面对多头的工作
忙而不乱
面对上千听众
直抒己见
听到了什么不好的消息
或者他人的责难
一笑了之
处之泰然

可是
嘱咐她的话
却说了一遍
又一遍
从头到尾
不厌其烦

理性也有边界
关心则乱

2021. 09. 27

蓝雪花

风中摇曳的蓝雪花
比它安静下来的时候
更美丽
我觉得她明明是在唱歌
可有人说她在叹息
仅仅因为
我们在不同的命运里

2021. 09. 13

猫头鹰

——题史晋宏猫头鹰照

头
真的像猫
火眼金晴
深藏克敌制胜的奥妙
食物以鼠为主
超乎意料
原以为名副其实的事物
少之又少
看过它
才知道
至少人类对猫头鹰的命名
准确无误
那么巧妙

2021. 09. 08

满

——一位诗友的摄影有感

花

开得鲜艳

然气喘吁吁

呼吸困难

小小的居所

同伴挤得满满

没有窗户

也看不到蓝天

蜜蜂和蝴蝶

影儿都不见

少了留白

成了美的欠失

美和繁华

也要点空闲

2021.04.01

一幅画

天边的云霞
青翠的山崖
地上的绿草
还有红花
点缀着她的金发
还有迷人的面颊
活生生的一幅山水佳人画
而我的期望是
她不是她手里拿的那枝
易褪色的花

2020. 10. 29

燕　隼

——题史晋宏摄影

独立站在枯枝上
犀利的眼睛盯着前方
背对着巨大的虚空
冰冷如霜
一旦猎捕或被猎
会迅疾而顽强地飞翔
发出尖利的叫声
不屑于伪装

2021. 08. 19

馨予赠茶有感

红袍尚未开
香已四溢
拱手谢馨予
悟到东西

2020. 10. 05

奇 迹

窗外鸟的啾啾声
引起你的注意
不由自主
你也哼起了小曲
尽管你也知道
它并不是优美的旋律
但你却
乐此不疲
……
过去你一直都怕
窗外的鸟啼
和微信群里闲聊的铃声
打扰你
可闲下来的日子里
你却发现
它们常常给你带来欢喜
原来
人世间
常常在不经意间出现奇迹

2021.06.23

游牧时光

他听了
《游牧时光》
落泪千行
遗憾
旋律的悠扬
住所的宽敞
不能阻止
情殇
和心灵的流浪

2021. 10. 31

吻

闪电亲吻了彩虹
并非无中生有
因为闪电偷窥了
彩虹的惊艳

2021. 12. 11

失 约

如果一个人对你失约
又没有特别的理由
如地震
或恐袭
你也不用猜
他或她何意
只是说明他或她
不太在乎你

2021.04.09

真　相
——写于中国记者节

没有哪一种职业
像记者一样：好与坏
泾渭分明

实事求是
被视为无冕之王
人人崇敬

混淆视听
万民唾弃
被视为灾星

披露还是隐藏真相
是检验一个记者
是否高尚的标准

我由衷地
向报道真相的记者致敬

2020. 11. 09

弗洛伊德的母亲和子女

弗洛伊德的母亲
是一位普通的母亲
弗洛伊德是伟大的心理学家
精神分析学派的创始人

弗洛伊德的几个子女
少有杰出的成就

一个人最重要的不是从前辈那里继承了什么
而是自己做了什么

2022.06.17

第三辑

拱顶石

陈子昂及其登幽州台歌

写陈子昂的诗人特别多
写他的诗也特别多
诗人们念念不忘
他的《登幽州台歌》

被誉为千古名篇
诗词杰作

依我看来
似乎有点以讹传讹
纵观历史
从来都是前有古人
后有来者

一代代诗人将其视为楷模
却是千古疑惑
难道射洪县令
一直后有来者?

2022. 04. 25

莫名惊诧

我知道

哪里有病啦

因为对一个事物

只是说了几句心里话

或者对一种社会现象

客观地描述或表达

事后却忧心忡忡

担惊受怕

和朋友说话也总是欲言又止

让人莫名惊诧

2022.05.03

他希望否定自己

别人感兴趣的东西
他却嗤之以鼻

别人越是欢欣鼓舞的东西
他越怀疑

希望别人看到的是真的
自己的疑虑是假的

也许
他真的病了
希望真相在一旁嘲笑否定自己

2022.03.05

鱼龙混杂

大吃一惊
这样一条短信息
提醒我
每天手机屏上花去 6.5 小时
……
我觉得我很理性
也一直很注意
看多了浪费时间
又影响了视力
有用的信息自不必说
还有很多很多的信息垃圾

但停下来
原来不容易
至少上面一条
就是有用的信息

2022. 06. 10

牡丹之都

小时候

知道洛阳是十三朝古都

再后来

知道她还是牡丹之都

近几年来

听闻又有一个城市自称牡丹之都

今天

去圆明园牡丹园看牡丹

上万株牡丹开得正艳

我就知道

以前听到的都是讹传

只有现在的首都

才是百花之都

其他地方都是自封的

不算

2022.04.22

第三辑　拱顶石

今日无诗

里里外外
大大小小的摩擦和争议
我询问的人
销声匿迹
没有消息
不一定就是好消息
今日有诗
也是词不达意

2022. 07. 12

奇怪的园丁

他向花园深处走去时
雨过天晴

园子里百花凋零
杂草丛生
少有的好品种
孤苦伶仃
奇形怪状的草
却异常活泼和坚挺

想到事主们简单地以为
自己没有养花育花的技能
他笑了
笑他们天真无邪的秉性
既然你们自命不凡
我就和杂草相依为命

2022. 07. 02

第三辑 拱顶石

事物是从高处跌落的

大家都知道
爬得越高
跌得越重的道理

干脆不爬
岂不是傻气
躺在低洼处
的确没有再向下跌落的焦虑
可也看不到高处的壮丽

一些人确实是从高处跌落的
也有一些人是在低处被砸死的

2022. 07. 16

致一白

无论哪个朝代
哪一段长城是谁毁去
无论穿皮鞋还是布鞋
也无论通往理想的路多么崎岖
我还是我
你也还是你
追求幸福和自由
上帝赋予的权力
探索真理和真相
我们共同的痴迷
初心如旧
矢志不移

2022.08.28

拱顶石

敲掉一块拱顶石
巨大的拱门就会倒塌
这是建筑学告诉我们的道理

直击灵魂的话
只要几句
就可以直达心底

在一首诗里
如果找不到这样的拱顶石
或语句
也许
整首诗就没有意义

2021. 10. 3

鲁恩杰

鲁恩杰
意外失去双腿
却在痛苦和绝望中坚强站起
并写下"生活以痛吻我，我却报之以歌"的名句

那么
生活以甜吻我
我更应该珍惜生活
回馈更多的甜蜜

2021. 12. 10

炒煳的瓜子

陈独秀
新文化运动的伟大先驱
在茫茫的黑暗中
举起了民主与科学的旗帜

他教育孩子
自强自立
陈延年和陈乔年
生活上主要靠自己

那一年
他们即将远赴巴黎
他送给他们的礼物
一大袋炒煳的瓜子

因为
那是陈延年最喜欢吃的东西

2021. 08. 02

陈乔年的歉意

——《觉醒年代》观后感

陈乔年
为了戏弄其爸爸
以表达对爸爸的不满
曾经将癞蛤蟆
代替蒸牛蹄
端上宴席

5 年后
陈独秀出狱
陈乔年亲手做了蒸牛蹄
献给爸爸
表达歉意
而陈独秀则亲切地表示
如果这次真是癞蛤蟆
他也会吃下去

这就是伟人和儿子
信仰的坚持
生活的情趣

2021. 11. 03

发 现

——有感于全红婵获奖

东京奥运会
女子 10 米跳台比赛
冠军全红婵
上下翻飞
身轻如燕
以总分 466. 2 分
单项 3 个满分的成绩
震惊了体坛
14 岁的花季少女
世界的惊艳

她 7 岁才开始学跳水
家境贫寒
一战成名
显然主要不是由于训练
天才的重要性
可见一斑
家长和学校首要的责任
由此可见
不是培养
而是发现

2021. 08. 06

黑　马

——致诗人黑马

偶然，看到了《风度诗刊》
和照片上身体健硕的你
还有你跳动着热情和柔情的诗句
在初冬的日子里
我们刚刚在诗中相遇
我已是泪眼迷离心头大雨滂沱
因为
你竟然抛下还眷恋的红尘
理想和对诗歌的情意
向着天国
绝尘而去

我们素不相识
但我知道
在那一边
你不会孤寂
因为李白和杜甫
还有苏轼和李清照
徐志摩和艾青等
都会赏识你

2021. 12. 06

婚姻，爱情

没有爱情的婚姻
味同嚼蜡
无异于慢性死亡

没有婚姻的爱情
饮鸩止渴
无异于醉死他乡

有爱情又有婚姻
福星高照
幸福安康

2021.08.23

世界再也回不到过去

无论我们怒吼
还是叹气

无论我们亮剑
还是屈膝

他听不懂
也不在意

只是沿着自己的轨迹
加速扩张和变异

无论南北
无问东西

改变人们的行为和预期
世界再也回不到过去

回去回不去
还要坚强地过下去

2021. 07. 31

意　象

余秀华的意象
月光落在左手上
娜夜的意象
在时间的左边
还有很多诗人的意象
在他们头的上方
我苦苦寻求的
我的意象
又在哪个方向

2021. 07. 29

曙　光

初中上高中
阴差阳错
我几乎落了榜
靠着堂兄据理力争
填了一张申请表
我才继续上学堂

以我们当年的基础
考研究生
本来很无望
但我不放弃
靠着勤奋和努力
又一次张开理想的翅膀

在学霸如云的最高学府
不断向一个个目标冲击
我没有彷徨
以勤补拙
纵然微弱
我也要发出自己的光
……

我知道

只要我坚强

不屈不挠

向着梦想和希望

不停地奔跑

总会看到东方那道曙光

2022. 01. 21

兰

同为花中四君子之一
没有秋菊扑鼻的香气
没有冬梅寒日的高洁
也没有竹那么临风挺立
我却一直喜欢你
不为别的
只为你乃"谦谦君子"
花开四季
无须刻意栽培
可以生长在我的庭院里
兰
一生的知己

2021. 08. 15

识鹿为马

赵高
指鹿为马
天下人唾骂
认为他分明认识鹿
却指为马
主观故意
其罪当罚

若有人
没见过鹿
以为鹿就是马
无非就是马长了角
那可如何是好?
识鹿为马
可能误读天下
更可怕

2021.08.18

原　谅

他有一个最大的优点
就是总能找到理由
原谅自己
伴随着错误与平庸
顽强地活下去
不向上攀登
却向下比
美其名曰
做最好的自己

2021. 11. 29

欣 喜

尽管我的《必然》出版
早已成定局
但编辑传来封面设计
我还是感到欣喜
封面上的路影
像脐带脱离了母体
它的诞生
也记录了我的抗争和不屈
它是我孕育的婴儿
一朝分娩
还是让我这个"母亲"
自然欢喜

2021. 06. 02

滑　稽

游手好闲的人
撒下种子
期盼它早一点发芽
开花和长大
却忘了种豆得豆
种瓜得瓜

不求上进的孩子
希望有一个好爸爸
撑一把大伞
呵护他
却忘了有了好爸爸
他也还是他

2021. 12. 19

历史的启示
——《大明王朝 1566》观后感

教育

社会文明进步的阶梯

启蒙

书画琴棋

孵化

品德和骨气

教化

则可能是卑鄙的工具

掩盖肮脏的真相

却披着华丽的外衣

诞生

屈膝和奴婢

历史

跌跌撞撞地跨入了 21 世纪……

2020. 02. 25

端午节想到的

春节、中秋节、清明节和端午节
中国的四大传统节日
各有各的神奇传说
各有各的来历

春节和中秋
期盼丰收和团聚
端午和清明
祭奠屈原、亲人和英烈们的离去

吃年夜饭、月饼、煮鸡蛋和粽子
曾各有各的意义
今天统一了
都是庆祝胜利

后来人活得幸福
也确实是屈原和先烈们的心意

2021.06.15

第三辑 拱顶石

牵 手

世界上
总有一些事情
让人始料不及

比如
真相与灾难牵手
童话与胜利依偎

豺狼
往往披着羊皮

新闻
竟然也有诳语

类似的
还有我和你

2021. 07. 25

真　相

真相见不到阳光的地方
一定很肮脏
这在哪里
都一样

2021. 02. 17

窗

如果向上
仰望
整个天空
都是窗
如果你带着冷峻的目光
东张西望
探求什么秘密
南北无窗
东西是墙

2021. 06. 04

老　鹰

喝水时还目光炯炯
透着杀气
是因为自己猎食
也怕自己被猎
故警惕

2021. 12. 11

猎　奇

在我看来
当下很多诗人
以及那些与主题风马牛不相及的诗句
还有那些有悖科学的比喻
既不是创新
也不是特色和差异
更非有感而发
而是猎奇

2021. 07. 20

第四辑

灵魂的神话

致敬尤瓦尔·赫拉利

致敬你
告诉我很多以前不懂的道理
决定成败的
真的不是年纪
三本历史巨著
穿透了多少迷茫的烟雨
佩服你独特的历史视角
目光的深邃和犀利
天纵英才
指的就是你

2022. 04. 19

惊 诧

一直以为
处于食物链顶端的我们
天生伟大
哪会想到我们的远古祖先
竟和黑猩猩有一个共同的妈妈

大约 250 万年前
人类从东非开始演化
同样体重的哺乳动物
人类的脑容量大
直立行走
可以对周围环境更好地洞察
烹饮熟食
让人类的头脑更发达

原来
今天习以为常的几个生活习惯
帮助人类实现了从猿到人的飞跨

2022.04.20

语言的奥妙

智人为什么在"人属"中胜出
归因于大约 5 万年前的认知革命
而其中的关键
智人的语言可以讨论虚拟的事情
让大范围合作的思想基础
如传说、神话和宗教得以诞生
借助于人类的共同想象
公司、国家、法律和正义才不断传承

智人
正是通过自己语言的独特功能
虚构了未来
让人类有了光明的憧憬

2022. 04. 23

它们没有想到[1]

大约在 45000 千年前
澳大利亚有 200 公斤重、2 米高的袋鼠
体形像现代老虎一样大的袋狮
平原上有体形足足是鸵鸟两倍的鸟
森林里有巨大的双门齿兽
但智人到达之后
24 种体重在 50 公斤以上的动物中
23 种惨遭灭绝

大约在 14000 年前
北美大陆有长毛象
巨型的狮子
可怕的剑齿虎
重达 8 吨、高达 6 米的巨型地懒
智人到达以后
北美原本有 47 属各类大型哺乳动物
其中 34 属已经灭绝

大约在 1500 年前
在太平洋、大西洋、印度洋和北冰洋的数千岛域
类似的情况不断发生……

它们做梦也没想到
它们整天游手好闲、安居乐业的时候
从来没有正眼看过的智人身上
发生了认知革命。

从那之后
智人登上了食物链的宝顶
呼风唤雨
几乎无所不能

2022.04.28

[1] 尤瓦尔·赫拉利. 人类简史 [M]. 北京：中信出版集团，2017：62-71.

第四辑　灵魂的神话

代 价

衡量一个物种是否成功的演化
在于世界上其 DNA 拷贝数的多寡
依此说来
被人驯化的小麦、马铃薯或稻米
以及鸡、牛、猪和羊等是最大的赢家

然而，整体上演化的成功
是以个体的牺牲为代价
如肉鸡和肉牛
生下来几个月或几周将被屠杀
和它们的祖先相比
它们牺牲时
还是个娃娃

一个物种整体上成功了
个体的利益和生命却没啦
这是农业革命和演化过程
对人类的启发

2022. 05. 02

数字的魅力

因为记忆过载
人类发明了各种工具
打理事情
处理财务信息
从苏美尔文字到拉丁文
从结绳语到阿拉伯数字体系
而无论如何
过去它们还只是人类的仆人和工具
然而，时过境迁
计算机和大数据
反仆为主
主宰了人类的决策机理
从看股市行情
到买一件东西
甚至想去饭馆吃饭
都要听听大众点评怎么说的
衡量贫穷、幸福和感情
也成了数字的游戏

也许哪一天
人类真的成了数字的奴隶

物极必反

值得警惕

2022. 05. 05

历史的方向

从人类历史发展的角度看
并不遵守分久必合，合久必分的逻辑
而是有一个明确的方向
那就是文化的融合和摒弃

而造成这种融合的工具
让人不寒而栗
金钱、帝国和宗教
竟然扛起了历史演化的大旗

2022. 05. 08

钱的背后

最初
只有以物易物的客商

后来
大麦、贝壳、香烟
白银和黄金
作为交换的榜样

最后，硬币和纸币
粉墨登场
它们并不是物质的现实
只是心理上的共同想象
借助于国家政权
搭起了信任的桥梁

视金钱如粪土
无知
更荒唐

钱的背后
除了可能强取豪夺的肮脏
还有信任和力量

2022. 05. 12

生命的意义

少年时代
唯老师之命是从
懵懵懂懂

青壮年时代
唯组织要求为重
朦朦胧胧

花甲之年
本该从从容容
却节外生枝
不知所终

我从哪里来
又到哪里去
来生有谁与共？

有否来世与灵魂
泛神还是多神？
信奉一神论还是二元论
敬重佛教的自然法则还是相信人文主义的遵从

内心
承认自由意志还是接受迷因或命运

凡此种种
皆博大精深
也许应该放下思考的欲望
修炼成真

2022. 05. 17

承认无知

童年
很有趣
对周围的一切
充满了好奇
风从哪里来
天上为什么会下雨
河水为什么上涨
自己是从哪里捡回来的?

读了高中和大学
学习了化学和物理
了解了一点生物学
还有天体
能写几句歪诗
懂得了什么是逻辑
于是乎
觉得自己很牛气

立志报国
就从那时起
拯救天下

舍我其谁呢！

当了博士

接触了一些饱学的大家

才知道什么叫学富五车、学贯中西

走进大学图书馆

才知道自己的无知和俗气

涉及自己懂的那点知识的书本

竟找不到藏在哪里

之后，在漫长的岁月里

每承担一项研究课题

都是战战兢兢、如履薄冰

不知所以

确实

我们所懂的知识体系乃是一个球体

里边装得越多

外面就有一个更大的未知的表面积

外面

一直都有我们不懂的东西

相信

这不仅是我个人的经验和阅历

承认无知

并不容易

然而，只有承认无知
才有前行的可能和动力
这是科学革命
对我们的启迪

2022. 05. 19

奇怪的联姻[1]

科学和帝国的联姻
堪称奇迹

很早的一项科学研究
测量地球和太阳之间的距离
为了实现这一目标
英国皇家学会可谓不遗余力

詹姆斯·库克的远征队
是包括8位科学家在内的群体
历时三载所收集的惊人数据
帮助英国征服了澳大利亚等新土地

科学和帝国的另一次握手
楔形文字的破译
英国军官亨利·罗林森冒死爬上悬崖
抄写了古波斯语、埃兰语和巴比伦语
他们也研究梵文
威廉·琼斯发现了"印欧语系"

达尔文提出进化论

固然源于他对地质学和自然科学的浓厚兴趣
竟然也是英国皇家海军"小猎犬号"
提供的机遇
……

欧洲人称霸世界
大约从 1850 年起
正是帝国的征服欲望
还有神妙的科技
两者之间联姻
构造了其后的世界新秩序

帝国的确助力了科学的发展
立下了卓著的功绩
但也传播了天花、黑死病等致命的瘟疫
还兴起了大西洋的奴隶贸易

像其他事物一样
帝国和科学的联姻
有利也有弊
祸福相依

2022.05.22

[1] 尤瓦尔·赫拉利. 人类简史 [M]. 北京：
中信出版集团，2017：259–286.

资本的逻辑

金钱
一度被认为是一个肮脏的概念
耶稣说过：让财主进入天堂
比骆驼进入针眼还要难
然而，通过信用体系的建立
金钱有助于所有的东西互相交换

亚当·斯密的《国富论》
人类历史上最振聋发聩的理念
财富和道德并不对立
买卖双方可以达到双赢的局面

信贷体系
经济增长的关键
荷兰正是通过准时、全额还款
还有保护私有财产权
赢得了金融机构的信任
建立了海上霸权

相反，法国与霸主地位失之交臂
乃是密西西比泡沫事件

这家公司靠着编造谎言
股价曾一飞冲天
多少盲从的投资人
倾家荡产

钱能生钱
并且刺激一个正向的循环
通过经济增长
达到至善
对资本主义信徒来说
这简直妙不可言

不幸的是
它忽略了人性的弱点和贪婪
正是英国的烟商
怂恿英国政府向中国开战
强迫中国政府赔了钱
还让渡了香港的使用权

类似的，还有大西洋奴隶贸易的发展
生不如死的甘蔗园
比利时国王建立的刚果的橡胶业
近千万刚果人命丧黄泉
……

无论在哪里
又或是哪一天
不能蔑视金钱对经济增长的贡献
也要让资本家守住道德的底线

2022. 05. 23

巨轮之下

金钱
材料和能源
缺一不可
否则，做经济的大饼就是空谈

得益于科学和技术发展
人类不断发现新材料和新能源
水、风、核和太阳能
可以互相转换
经济呈指数级增长
童话般的故事不断实现

互联网
机器人
VCR
VIR
生物工程
仿生工程
3D 打印
多位动画等

推动经济增长
工业巨轮滚滚向前
孰料
给流水线上的人类带来巨大的苦难
它们只是巨轮上的齿轮
牺牲了自由和情感

同样
工业革命的另一项重要遗产
就是无论上学、工作、早起和睡眠都要遵守格林
尼治时间
让个体自由和活动范围
进一步受限

还有全球变暖
环境污染
我们很难说清楚
巨轮腾飞
福音还是灾难

2022.05.24

始料不及

曾经以为
经过各国政府和科学界的努力
人类已经消灭了饥饿、战争
还有瘟疫

比如，经过 8 年的脱贫攻坚
中国已经摆脱了绝对贫困的千年顽疾
朱门酒肉臭，路有冻死骨
成为遥远的历史陈迹
用最少的人均耕地养活了 14 亿人
堪称壮举

曾经以为，冷战结束
只会有恐怖袭击
大规模战争爆发的可能性
低之又低
核子和平
成为人类摆脱战争的希冀

天花和黑死病
世界范围内绝迹

随着青蒿素的应用

疟疾早已没有过去的杀伤力

2003 年的非典型肺炎

2005 年的禽流感

2009—2010 年的猪流感

2014 年的埃博拉病毒

都是短暂流行

就在人类面前败下阵去

然而，天下大事

常常让人始料不及

参考消息 5 月 6 日报道 2021 年 53 个国家和地区

的近 1.93 亿人口遭遇了严重的粮食危机

每天吃不饱的人口 4000 万有余

乌克兰战争

将使另外 4700 万人与饥饿遭遇

2019 年年底

新冠病毒发动突然袭击

2022 年 4 月俄乌战争爆发

打破了多少人和平的梦呓

战争这个魔鬼

并没有销声匿迹

这一切说明
建设人类命运共同体
还需我们继续努力

2022.05.25

猪的悲剧

你有没有想过
哺乳性动物的悲凄
它们需要什么
什么又是幸福的含义

在现代化养猪场
成千上万头猪困在栅栏里
既不能走出去
也没有转身和躺下的余地
生下来的小猪
还没有度过 10~12 周的哺乳期
仅仅 4 周后
就要接受与猪妈妈的骨肉分离
然后送到他处养肥和屠宰
母猪则要困在 5~10 次这样的循环里
奶牛和蛋鸡
基本上也都是类似的经历[1]

主人以为：猪得到了足够的食物
猪栏可以遮风避雨
打了抗疾病的疫苗

还有人工授精

应该满意

殊不知

他们也有情感和社交的主观需求

拒绝人类强加于它们的疏离

猪、牛和鸡尚且如此

人呢

有更多的需要

不言而喻

2022. 05. 26

[1] 尤瓦尔·赫拉利. 未来简史 [M]. 北京：中信出版集团，2017：74.

灵魂的神话

我愿意相信
人有灵魂
身体会衰老
最后死去
灵魂却永恒
一直属于我自己
唯我独享
不离不弃
乐善好施
会享受天堂的礼遇
为非作歹
下辈子就会入地狱

我也愿意相信
其他动物没有灵魂
死后化为乌有
不会上演上天入地的大戏
杀害动物
大快朵颐
让自己活得更好
天经地义

然而，科学实验

却让我们顾此失彼

证明动物没有灵魂的依据

也是说明人类没有灵魂的东西

而心灵、意识和心流

并非人类独有，奇货可居

黑猩猩桑蒂诺捉弄游客

会做丢石头的游戏

实验的大白鼠为了活命

会耗掉最后一点力气

倭黑猩猩会化敌为友巧度危机[1]

宗教告诉我们

主宰宇宙的是上帝

进化论和生命科学却说

我们宝贵的信仰有问题

如果人没有灵魂

百年之后

难免化为灰烬

生命又有什么意义

如果有灵魂

究竟又在哪里

如果动物也有灵魂

以后再对着它们烤熟了的躯体

餐桌上的美味佳肴

还能否吃得下去

2022. 05. 30

[1]尤瓦尔·赫拉利. 未来简史 ［M］. 北京：中
信出版集团，2017：111-122.

第四辑　灵魂的神话

迷信，神话，宗教，科学

迷信让人愚昧
有病不求医
信奉装神弄鬼的大仙
可能在挣扎中稀里糊涂地死去

神话有很多虚构的故事
扑朔迷离
却可能带来启迪
谁说嫦娥奔月
和神舟飞天没有联系

宗教伪造了上帝
构建秩序
没有它
判断是非缺少了伦理上的依据
克隆人
是否否定了我们存在的意义

科学带来力量
追求真理
推动技术和社会进步

翻天覆地

看看眼前的手机

竟成了须臾不可缺少的工具

2022.06.01

吸血蝙蝠

吸血蝙蝠
成群结队住在洞穴里
一到晚上就出来寻觅
碰到睡着的鸟或心不在焉的动物
他们就会飞冲过去
吸血为食
维持生命的延续
并且将吸来的血"借贷"给当日运气不好的蝙蝠
让它们度过危机
这种以血换血的合作
对人类何尝不是一种启迪

2022.06.02

我该相信谁[1]

过去
人类相信上帝
上帝的判断
是区分善恶美丑的依据

现在
人类相信人文主义
不是外在的世界给了我们生命的意义
而是我们的自由意志赋予世界以意义
要聆听内心的声音
人类体验才是最重要的

遗憾的是
人文主义有三个亲兄弟
自由人文主义
社会人文主义
还有进化人文主义
而它们竟然各有利弊

人们讽刺前者
在自由主义的旗帜下

每个人都有饿死的自由

人们诟病社会人文主义
过于强调集体主义和他人的利益
而个人的自我探索和自由无从谈起

人们批评后者
过分强调自然选择和人类进化，走向狭隘的民族
主义和法西斯主义

我该相信谁呢？

2022.05.03

[1]尤瓦尔·赫拉利. 未来简史 [M]. 北京：中
信出版集团，2017：216-225.

敞开的黑匣子

过去的一个世纪
科学打开了我们的黑匣子[1]
里边没有灵魂
也没有自由意志
像老鼠和其他动物一样
也只有基因、激素和神经元一类的东西

我们做出选择和决策
来自生物预设
或随机过程之一
无论哪一种
都没有灵魂或自由意志的印记
如果真有选择的自由
哪里又有进化的空隙
进化论
就是自由人文主义的棺材上最后一颗钉子

操纵和控制动物的欲望
只需要使用药物、基因工程或直接对大脑进行
刺激
若想控制实验老鼠的行为

就在其掌管感觉的区域植入电极
这样就可以让它们执行特定的任务
如在建筑物下面找出炸弹和暗杀装置
同理，人类的爱、愤怒和恐惧
也可以被创造和抑制
戴上读心头盔
近乎灵性的感觉就不再是神奇的东西

生命科学的另一个奇迹
证实了真正的自我并非唯一
譬如，人脑由左右两个脑半球组成
分别控制右左两侧的身体
一束神经纤维
负责中间的联系
再如，左脑负责语言和逻辑
右脑则负责处理空间信息

丹尼尔·卡尼曼做的冷水实验
揭示了一个重要原理
人体内有两种自我：体验自我与叙事自我
前者没有记忆能力
人们做选择
依赖"峰终定理"
即取高峰值和终点值的平均数
作为整个体验的价值

譬如，肠镜检查
最后几分钟的体验才是至关重要的
女人分娩后的几天
内分泌系统会分泌皮质醇等
努力把痛苦转化为正面记忆

黑匣子一经打开
神、上帝和自由意志等
都失去了秘密

2022.06.04

[1]尤瓦尔·赫拉利. 未来简史 [M]. 北京：中信出版集团，2017：254-267.

一片微不足道的涟漪

一直以为
无论何时何地
做很多事情
有自主意识的人永远胜于计算机
智能和意识脱钩
让这一自豪成为梦呓[1]

基于模式识别的工作任务
计算机超人不足为奇
人脸识别
已应用于很多领域
无人驾驶汽车
将大大降低事故发生率
相对于人类医生的 50%
计算机算法正确诊断 90%的肺癌病例

1996 年"深蓝"打败了国际象棋大师加里·卡斯
帕罗夫
2016 年 Alpha-Go 以 4：1 击败李世石
计算机谱曲或作诗
留下了又一个人工智能的神奇

戴维·科普写的计算机程序
竟能谱写出协奏曲、合唱曲、交响乐和歌剧
一种隐形眼镜
分析眼泪成分测量血糖值
智能运动手环
监视我们的心跳、睡眠质量和行走步数等信息
"Deadline"会告诉你
按现在的生活习惯，你还能活几年的概率

哪一天
生物计量传感器
能分析你对选举的偏好
也能了解你的政治倾向和情绪
后面可能发生的事情
想想就让人不寒而栗

不得不承认
我们现在最信奉的是数据主义
每天花大量的时间
记录、上传和分享信息
包括银行记录、消费习惯和隐私
从而成为别人随时可用的工具
从升级版的黑猩猩
变成未来放大版的蚂蚁
生命和灵魂不再神圣

而成为数据汪洋中一片微不足道的涟漪

2022. 06. 5

[1]尤瓦尔·赫拉利. 未来简史 ［M］. 北京：中信出版集团，2017：275-357.

林肯的谎言

林肯有云：
你可以在某些时候欺骗所有人
也可以在所有时候欺骗某些人
但无法在所有时候欺骗所有人[1]。
这些话听起来很鼓舞人
细究起来还是骗人
政客只需要在某些时候欺骗所有人
或者在所有时候欺骗某些人
甚至只要在很多时候欺骗很多人
再利用很多人围攻没被骗的少数人
他就仍然是高高在上的人

2022.06.13

[1]尤瓦尔·赫拉利. 未来简史［M］. 北京：中信出版集团，2017：11.

我的惊悸

朋友的一句戏语
让我惊悸
信息技术和生物技术联姻
开天辟地
诞生的骄子
生物传感器[1]
既可追踪所有人的话语和行为
还可进入我的身体
记录我的血压
观察到我的情绪

......

这样我对一张画像的一次愤怒
很可能将我送进监狱

2022.06.14

[1]尤瓦尔·赫拉利. 未来简史 [M]. 北京：中
信出版集团，2017：60.

我选择人造肉^[1]

爱吃猪颈肉
晋元帝
黄州好猪肉
东坡肉的来历

元世祖忽必烈
留下涮羊肉的传奇
宗泽发明了
烧制金华火腿的工艺

毛泽东吃了红烧肉
迎接胜利

一旦人造肉比屠宰肉价格低
我就选择它
坚持肉食主义

2022. 06. 15

[1] 尤瓦尔·赫拉利. 未来简史 [M]. 北京：中
信出版集团，2017：111.

阴 影

一个人

无论你怎么着装

走到了哪里

站在高山之巅

还是一片沼泽和洼地

信仰什么宗教

还是主义

只要你拥抱阳光

追求真理

伴随你的

除了种族

年龄和荣誉

还有你的阴影

不肯离去

如果你声称自己是无所不知的天才

永远不会犯错误

至少我不会相信你[1]

2022.06.17

[1]这里化用了尤瓦尔·赫拉利，"我更愿意相信那些承认自己无知的人，而不是那些声称自己全知全能的人"。

尤瓦尔·赫拉利. 未来简史［M］. 北京：中信出版集团，2017：205.

第四辑 灵魂的神话

蛙声四起

下午的一场暴风雨
让郊野公园的马路变得泥泞
几次差点滑倒
正欲抱怨这个鬼天气
却突然
蛙声四起
蝉鸣悦耳
周围一片生机
也许
生命正是在电闪雷鸣中孕育
……
这多像
新思想冲出旧体系的藩篱

2021.07.03

出奇制胜

只有 5 克重的蜂鸟
不惧 1200 克重的枭鹰
因为它
小而精
可以高速撞击后者的头部
一击致命
或留下撕心裂肺的疼

风羚羊
体重很轻
选非洲雄狮做邻居
靠着它的保护
在弱肉强食的丛林中安身立命

大森林
广袤无际
遮天蔽日
不惧骤雨狂风
却唯恐
火星

兵家经典

乃出奇制胜

2021. 08. 20

钓 鱼

我不会钓鱼
却很佩服钓鱼人的勇气
有时一无所获
却还能一直在岸边坐下去
风雨无阻
该是什么样的兴趣
有时将钓上的鱼放生
又是怎样的心绪
扬竿和收线之间
那一定是不一样的四季
但我知道
钓者自知
正像诗人写的诗
除了具象
一定还有心灵的秘密

2021. 09. 21

安　慰

西方有这样一个谚语
动物们聚在一起
都炫耀自己生得多
讨论一胎生几个最好的问题

最后请母狮子来评理
看到母狮子一直沉默不语
他们好奇地问
您一胎生几个呢

狮子冷冷地回答
我只生一个
但它是一只狮子

这是一个笑话和比喻
但作为一个没发表过几首诗的诗人
他却高兴地用来安慰自己

2021. 11. 12

孤 单

昨晚
狂风暴雨
卷起云烟

匍匐在地的小草
竟然躲过了灾难
拱手祝愿

平日那些高高扬起的枝丫
却猝不及防
被拦腰折断

如果你不小心
穿越了思想的天空
会更孤单

2021. 07. 02

暗物质和暗能量

现代科学证明
我们周围广泛存在着暗物质和暗能量
现有的技术却不能观测
它们并不会吸收、反射或者辐射光

如果某一天你眼睛突然蒙尘
或者喉部发痒
或者微信朋友圈转发的东西突然消失
或者丢了邮箱
多半不是别的原因
而是它们制造的祸殃

由于看不见，摸不着
也不知道究竟来自何方
明明存在
却善于隐藏
无奈
称其为暗物质和暗能量

2022. 01. 09

爬　山

爬到山顶的人
上面只有天空
只好向下看

站在山脚下的人
脚下只有大地
只能向上看

爬在半山腰的人
向上看
觉得还需要努力
向下看
觉得很多人还不如自己

这很像职场中的人
常常觉得
比上不足
比下有余

2022. 01. 11

黄永玉

记住黄永玉
非因其艺术上的成就与高寿

而是因为他的一句话
艺术只有好坏
没有新旧
像暗夜里的篝火
照亮了我

2021. 11. 24

诗歌带来什么

我不知道
诗歌会给别人带来什么
喜剧
还是悲歌
浮躁
还是深刻的思索

而于我
乃是在孤独的时候
消除了我的寂寞
如果写下几行满意的诗句
就会如获至宝
以苦为乐

2021. 11. 03

下半场

——写在退休后的第一个重阳节

如果说

上半场

主要是为了生计

不得不穿上各式各样的外衣

那是

维护必要的文明和秩序

那么

下半场

主要是为了兴趣

最好裸泳

随心所欲

那是

放飞自己

2021. 10. 13

上帝的脾气

上帝是慷慨的
给了每个人很多次机会
又是吝啬的
并没有给一个人无限的机会
所谓成功或者失败
乃是一个人给了它们怎样的反馈

2021. 11. 05

信　仰

我不知道

信仰的确切意义

只是知道

如果只有微生物、多巴胺和染色体

夜深人静的时候

想想自己终有一天会死去

没有来生

魂无居所

便深深地恐惧

正像在做梦的时候

突然站上峭壁

脚下深渊

一眼望不到底

2021. 11. 04

童 话

年少时
离家的日子越久
越想念妈妈

后来
与家乡的距离越远
越惦记还没有长大的娃

年纪越来越大
不知道为什么
就越来越喜欢童话

2021.11.19

恐　惧

元宵佳节的前夕
传来了班长去世的消息
一石激起千层浪
同学们纷纷回忆：
读研时的朝朝暮暮
他做人做事的点点滴滴
还有
两年前的欢聚
大家不敢相信
他怎么会突然离去

无疑
我也一样悲戚
伤感不已
因为同窗三载的友谊
除此之外
还有深深的恐惧
毕竟，他的年龄
靠近我自己

2022. 02. 14

高　处

万米高空
透过舷窗向下望去
白云朵朵
层峦叠嶂
让人感到虚幻迷离
唯一的遗憾：
飞机发动机的轰鸣
压过了大地上生灵的声音
这很像爬山
爬到高处
就远离了大地

2021.09.01

不谋而合

课堂上我多次说
尊重内心
为理想不懈求索

科学家坦言
除了天才和勤奋
保持兴趣和好奇
是成功的关键

谷爱凌的教练对她说
享受比赛过程
无须过分关注结果

我想说
他们说的道理
和鄙人说的
不谋而合

2022. 02. 18

方法论

这个
是被动确立的
本来想写的题目是
"蛛丝马迹"
皆因突然发生的一些琐事
打断了思绪
几个要点
早已忘记

有了好的想法
一定要拿起笔或手机
记一记
否则
灵光一闪的东西
消失了
再出现
也是过去

2021.06.09

无语，无题，无趣

无语
不是无话可说
而是因为兴奋或压抑
想说的太多
一时
不知从哪里说起

无题
不是真的没有标题
而因它太过张扬或刺激
不合时宜
只好
暂时将它隐蔽

无趣
也不是对向往的地方没有兴趣
而是因为太远的距离
不易到达
无奈
暂时放弃

2021. 11. 02

选哪一个呢

《理想之城》的一句台词引起了我的注意
"职场上
除了对与错
还有利与弊"
它们的背后
还有邪恶和正义
失败和胜利
对任何一个人
这些都是严肃的命题
而且它们之间
没有必然的逻辑
一旦它们交错的时候
你会选哪一个呢

2021. 09. 19

虎　气

属羊
并不习惯为羊
骨子里还有虎气
一有时机
总会冒点虎气
原来
无论傲气虎气
都深埋在骨子里
驱逐和压抑
并不容易

2021. 10. 30

传　说

很久很久以前
凤凰也是一只普通小鸟
长着很平常的羽毛
与其他鸟不一样的地方
它很勤劳
总把别的鸟扔掉的果实捡起来收藏
森林大旱之年
凤凰把它们拿出来分享

灾后为了感谢凤凰的救命之恩
众鸟便推举它为鸟王
每逢凤凰生日之时
四面八方的鸟儿都会飞来祝贺

2021. 09. 01

担 心

几条小鱼
在鱼缸里嬉戏

以前
我一直替他们感到委屈

透过飘窗
看到外面急风暴雨

现在却担心
这些在鱼缸里长大的鱼
一旦离开了鱼缸
还能否活下去

2021. 11. 26

迎接新的一年

北风一直在吹

倦鸟归巢

我也蜷缩在家里

疲倦和无聊

打开微信群

听一只八哥和它的主人一起唱歌

它模仿人的唱腔

竟然惟妙惟肖

听到的

除了这个和朋友圈里的祝福

还有

时不时传来的一阵阵的狗叫声

2021. 12. 31

习 惯

所谓习惯
就是照以前的样子做了
感到很自然
而不那样做
会很烦
无论在思维还是行为上
一旦形成习惯
再想改变
就很难
下一百次决心
许一百次宏愿
只要出现了相应的条件
相应的反应就会再现
恰恰像戒烟
会重复很多遍

2021.09.06

雷

不管雷在何方
都是在闪电的后方
雨呢
总比雷小

前者是物理现象
后者只是一个比喻

2021. 07. 28

风

风
无色
无味
更无形
却有声

风起了
不要想
而是听
顺着风的方向走
不要逆着行

如果风太大
就找个地方躲一躲
避避风
千万别跟风斗气

2021. 11. 09

真　相

一段视频
引起了我的注意
第一眼看过去
一个男人映入眼帘
五官端正
两眼炯炯有神
随着镜头的拉近和角度偏移
我才看清楚只是几个日常器具

乍看到的
并不一定就是真相
有时仅仅换个观察的角度
看到的就会不一样
何况很多东西
还有各种各样的伪装和隐藏

透视真相
不仅需要有胆量
还要转换视角
更需要光

2022. 01. 03

黑天鹅

元旦下午

趁着天气暖和

我和妻子去圆明园遗址公园游玩

虽然冬季

园子里竟然也游人如梭

在东北角的湖面上

意外地看到了一群黑天鹅

大的

小的

红嘴的

红褐色嘴的

互相追逐嬉戏

好不快活

据说多年前

一对黑天鹅从远方飞来这里

发现这里宜居

就再也没有离去

一直在圆明园繁衍生息

开枝散叶

让整个园子一片生机盎然

黑天鹅

竟然也会选择

就是不知道来这里多年

他们是否也有乡愁

吟咏诗歌

2022. 01. 01

第五辑

我的时代感

补　钙

我望着酸奶盒
发呆

喝牛奶
最重要的原因
补钙

就是不知道
骨质流失多年
还能不能补回来

2022. 06. 07

大 雪

一场大雪
给华北平原披上了银装
院落
屋脊
目光所及
一片白茫茫

飘飘洒洒的雪花
令人遐想
北方的硝烟终将散去
铁链不再戴在小花梅的脖子上
雪的纯洁
给人以信仰和力量
眼前的世界
不再苍凉

2022. 03. 18

反　省

以前
做一件事
关注自己是否学到了知识
增长了才干

近来
无论写文章
还是写诗歌
总想
求夸赞

我不知道
我的同龄人
是否都有这个习惯
也不知道
这是否是虚弱的表现

2022.04.10

风　气

不知从何时开始
又是从哪里
人世间
又多了一个风气
无论餐桌上瞎聊
还是参加会议
无论工作汇报
还是参加什么典礼
无论是简短发言
还是千言万语
总忘不了
一个主题
轻描淡写地说说别人
浓墨重彩地吹吹自己

2022. 06. 26

隔 世

惊蛰
突然传来你外地辞世的消息

分手仅仅两年后
斜对门办公室的笑声
竟成为梦中的记忆

会议室中间的那张条形桌
竟成了生与死的距离

窗外的紫荆花和迎春花又开了
可你又在哪里

2022. 03. 04

假学习

自媒体上
朋友圈里
经常看到作者和读者
一起发声
向某某学习
如，到社区当志愿者
捐款给灾区
甘愿多奉献
不谋私利

仔细想想
多数人都有这种能力
只是口头上说说
而从不付诸行动和实际
这不是真学习
而是变样的沽名钓誉

以后
自己能做而不做的
也不再说学习

2022.04.29

木偶剧

以前
在影院或剧院里
我喜欢看 3D 和 4D
而不愿意看木偶剧
被牵着的木偶
少了一点灵感和生气

近年来
我生了一个怪癖
周围的人和事
在我的眼中
竟成了活脱脱的木偶剧

而且一不小心
也不管我乐意不乐意
剧中的角色
就是我自己

木偶剧
还有一个别称
傀儡戏

2022. 06. 29

祈 祷

突如其来的消息
总是让人震惊
3 月 21 日 14 时 38 分许
MU5735 发动机失去轰鸣
殒落了
130 多个生命
拆散了
又是多少个家庭
夜晚大雨滂沱
伴着亲人的泪水和哭声
星光闪烁
那是老人们望眼欲穿的眼睛
珠江的流水呜咽
梅里雪山的松涛在悲鸣
诗人在祈祷
第聂伯河畔
没有战争
梧州上空
有魂灵
天堂里没有哭泣
亲人们安宁

2022.03.21

谦 虚

谦虚是一种美德
也是客气
用错了地方
也会伤人害己
谦虚等于无能
这是一些人的推理

谦虚
适合对谦虚的人客气

2022. 03. 19

如　果

如果你反应太慢
对它们冷淡
计算机
互联网
移动支付
人工智能
每一次大潮
都可能将你淹死
死在你曾留恋的沙滩

如果你过于敏感
不懂得分辨
比特币
区块链
元宇宙
量子管理
每一次狂潮
都可能将你卷起
不知摔向哪里

2022. 03. 15

如 果

如果你登上了高山之巅
阻挡你仰望星空的
就只有流云
和偶尔掠过的飞机
如果你心甘情愿
匍匐在地
阻挡你的就不止流云
还有树枝和楼宇
甚至他人晾晒的脏衣
和发霉的道具

2022.06.25

生命的意义

——写给中国残疾运动员

带着各种各样的残疾
不断地向目标冲击
这是怎样的理想
又是怎样的毅力
他们用汗水和泪水
诠释了生命
因为拼搏和坚持
更有意义

生活辜负了他们
他们对生活却没有放弃
每一次国歌奏响
都是生命绽放的奇迹

因为她们
北京这座双奥之城
也更美丽

2022. 03. 05

诗 观

每个诗人
都有自己的诗观

如果你问我
我也有自己的格言
除了思想和意象
我只追求
韵律、精练和美感

2022. 06. 09

诗与画

我的诗
稍微有了一点诗的模样
偶尔获得赞誉
欣喜若狂

摄影
我是一个外行

随手拍摄的几处校园风光
却吸引了朋友们的目光
关注和点赞纷至沓来
超乎了我的想象

并非我的摄影
超过了我的诗章
获胜的
乃是蓝天
草地
和明媚的阳光

我也想送点掌声给自己

出版了三本诗集
朋友们给了我很多的鼓励
纵然只是牛刀小试
还没有名气
即使这样
我也不放弃我的努力
我也想有
我自己的美丽
我也想送点掌声
给自己

2022.05.07

线下，线上

线下
收敛
对面有反光镜
那就是听众的脸
全息反馈
讨厌还是喜欢
内容应该减少
还是增添
或多或少
一目了然

线上
发散
对面只有吸音板
没有回音和反弹
像断了线的风筝
形影不见
讲述者盲目
闻者无言
教学相长
免谈

期盼

线下再聚首

握手言欢

2022. 03. 17

信　息

这部特殊的机器
以特殊的方式发出信息
当你意识到自己有眼睛的时候
那一定生了眼疾

感觉到四肢的时候
一定是手臂或腿脚哪个部位出了问题

如果你常常感到心跳或头痛
别忘了去查查脑电图或 CT

当你一天几次想到爱情这个字眼的时候
她（或他）一定远离了你

2022.06.21

夜　幕

走在陌上
不知不觉间
夜幕
一点点降临了
从遥远的天际
远处的山峦
附近的村庄
……

当我意识到天黑了
四周已经是一团漆黑
只是头上
还有一点星光

2022. 06. 12

因 为

——纪念三八国际妇女节

因为妈妈的无私和慈祥
因为妻子的任劳任怨和担当
因为女儿的正直和善良
因为母爱的纯洁和高尚
所以
献给你
妇女节的荣光

2022. 03. 08

雨 夜

那是多年前的一个雨夜
他沉浸在故事的情节里
那一刻，窗外下起了暴雨
风卷着水珠
狂暴地击打着玻璃
他辗转反侧
迟迟不能睡去
多年的委屈和怒火
那一刻像河水决了堤
他只想赤身裸体跑出房间
让大雨浇灌自己的身体
冲走肉体的烦躁
和灵魂的压抑

然而
他转身看了看儿子熟睡的脸庞
终究缺少了勇气
偷偷地擦掉了满脸的泪滴

救赎
在一个雨夜
又一次碰了壁

2022.06.21

原来如此

一些人急于求成
不是不知道收获和播种不在一个季节
而是因为
他们相信
在自己的身上
会发生奇迹
或者
他们可以抢别人播种的东西
只是我们不知道
不劳而获的果实
即使可以吃
是否也一样甜蜜

2022. 04. 30

自由诗

不攀附权贵
也不讲究学历
不在意语法
也不一定讲道理
分行书写
再有一些朦朦胧胧的寓意
说美不美
似是而非
那就是你

2022.06.07

并非多多益善

钱钟书先生说过
搞坏一个东西的绝活
非骂、非臭它
而要让它繁殖泛滥
竟至多多
时间一久
它自然就声名扫地了
仔细想来
锺书先生说得没错
比如文凭
普洱茶
还有直播带货
比如课外辅导
心灵鸡汤
现在则是诗歌

2022. 07. 15

思　想

哈佛大学是这样一个地方
崇拜思想的权威
而不是权威的思想
说这句话的是哈佛一位前校长

也有另外一些地方
反其道而行之
同样声名远扬
殊途同归
让人不解其详

聊以自慰的是
我记住了他的思想
而忘了他是哪位前校长

2022.07.16

慰　藉

好友英年早逝
让我惋惜
作为最好的朋友
竟然没有尽上绵薄之力
也一直自责
与他的交流不及时

追思会上
同事和朋友们纷纷回忆
好友和他们的交往
病中的互相交流和日常的友谊
让我稍微释怀的是
好友病中的日子并不孤寂
不仅乐观地面对生活
还给年轻的同事以信心和鼓励
我只是朋友之一
也算是一种慰藉

2022.07.08

夏日的合声

傍晚的郊野公园里

到处都是悦耳的蝉鸣

知了知了

紧一声慢一声

知了知了

高一声低一声

偶尔还有几声咕咕的鸟叫声

伴随着蛐蛐的叫声

刚开始

只是听到细微的声音

停下来仔细听

又好似万马奔腾

这是我写诗后

才听到的自然的和声

……

猛然醒悟

如果只有一种声音

哪怕叫得声嘶力竭

也不如百鸟齐鸣

2022. 07. 17

兴奋的由头

我兴奋
心跳加速
可以离京出差了
竟是缘故

以前经常出差
忙忙碌碌
感觉日子很苦
多想静下来
一本书
一杯茶
享享清福

谁料想
被圈在家里两年
甜变成了苦
苦变成了福

呜呼
呜呼

2022. 07. 20

游　子

知道你
作为一个游子
长期在外流浪
受到过多少不公正的待遇
又忍受过多少歧视的目光
经过多少曲折
才终于回到久别的故乡
乡亲们对你可友善
故乡是否和你的想象一个样
在故乡的怀抱里
你睡得是否安详

居无定所
那是流浪
日子难免凄凉
归来
有了亲情
也有了家长

2022. 07. 01

互 相

因才华
互相欣赏
致互相表扬
竟至相爱相帮
高尚

因利益
互相捧场
致互相利用
竟至反目成仇
肮脏

2022. 08. 23

琴岛观海

多次亲近你
留下过很多美好的记忆
记得花石楼残存的冬雪
栈桥迷蒙的春雨
还有崂山的夏凉
八大关五彩缤纷的秋季

当我再一次触摸你
又有了初识的惊奇
似曾相识的大海
竟然又让人扑朔迷离

蓝天白云下
海面上一片静寂
向远处眺望
明明又看到巨浪涌起
不由得担心
那些船舶是否不堪一击
再仔细看
原来是云海诞下的绮丽

大海连着云海
云海外是蔚蓝的天际
又有很多云朵
自顾自地飘浮在天空里
飘过来
又飘过去
……

脚下涨潮了
一浪接着一浪
涛声一声比一声急
时而似轰隆隆的雷声
时而似无数马蹄敲击着大地
我意识到
只要大海存在
涛声就不会止息
一个人
什么也改变不了
只是大海里一片微不足道的涟漪

2022. 08. 01

写诗以后

写诗以后
开始了一段新的人生

比以前爱看诗了
也更多地看电视和电影

留意阿富汗和叙利亚的难民问题
也关注起了俄乌战争

更乐于分析戏剧的剧情
还喜欢上了摄影

会凝视雨后的彩虹
还仔细观察云雾的升腾

留意大都市霓虹灯的闪烁
也开始注视孩童升起的风筝

登山时停下来听小溪流水的声音
也喜欢听林间的蝉鸣

田野里听到了大豆摇铃
也听到了雨打落叶的沙沙声

更关注人间烟火和冷暖
也关注建构主义的论证

思考沉重的话题
也有酒后的云淡风轻

写诗以后
多了一点乐趣
也多了一点矫情

诗歌
以她博大的胸怀
给了我又一次生命

2022.08.22

心　事

多数时候
也无论在哪里
课上和课程结束
会有掌声响起
发到朋友圈里的照片
不乏赞美的词句
写下的诗
常常受到朋友的鼓励
尽管也会因为这些
偶尔得意
只是
这些外在的东西
还是掩不住
内心的空虚

夜深人静的时候
我心心念念的
还是你

2022.08.06

一旦没了底气

又要出发讲学了
想想没有什么新东西
有点心虚
车轮似乎不是在地面上行驶
而是在碾压自己

扎实的学问
与时俱进的努力
对学者的重要性
不言而喻

一旦没了底气
只有焦虑
或者
无奈，拉大旗做虎皮

想想那么多有口皆碑的学者
被市场和听众无情地抛弃
心有余悸

2022.08.25

与己书

我写与己书
只有三个字：不屈服

求学时代
底子薄
基础差
不屈服

谈婚论嫁的年龄
家里穷
日子苦
不屈服

做学术
非名牌
没圈子
不屈服

大潮涌
很少随波逐流
讲真话

不屈服

爱诗歌
写诗歌
即使屡遭挫折
还是不屈服

2022. 01. 17

我的时代感

我的时代感
就是对一些网络游戏
从不参与
不褒不贬

我的时代感
就是人云亦云的时候
并不随波逐流
坚持己见

我的时代感
就是历经沧桑
对我自己
没有背叛

2022. 02. 02

孤　独

孤独
不是因为独处
也不是因为拮据
不富庶
更不是胸无点墨
厌读书
甚至不是身患疾病
痛苦又无助
恰恰相反
因为内心太丰富
太多的奢望
难以满足
于是
才孤独

2021.05.29

艺 术

用完的茶叶罐
折下的枝果
朽木根
巧妙的组合
灯光下
都是艺术的闪烁

"没有废品"
专家说，
"只有没被好好利用的物品"
说得不错

反之
若胸无点墨
双眼蒙尘
怎么能看到夜空下万家灯火

2022. 01. 22

第六辑

露台听雨

迟开的蝴蝶兰

迟来非怠慢，
冬寒不怨天。
含情待夏日，
依旧露红颜。

`

2022. 05. 24

春　雪

春雨夹雪潇潇下，
浸润大地育新芽。
柳枝纤纤随风曳，
漂亮最是雪中花。

2022. 03. 17

春　游

柳丝纤纤云间挂，
芦苇水中冒新芽。
春风又拂京华绿，
荷塘侧畔看桃花。

2022. 03. 20

杜鹃花

踏青恰逢雨绵绵，
举目只见草连连。
无意庭前争芳艳，
花开幽处有杜鹃。

2022. 04. 22

迷　途

世人面前千条路，
亦埋陷阱亦藏珠。
岂由浮尘遮慧眼，
自有智者辨迷途。

2022.07.29

无花果

奇闻趣事一桩桩，
无花有果非寻常。
多情省却红罗帐，
未婚女子可做娘。

2022.06.07

夏　荷

温柔一抹光，
夏荷秀红妆。
花开情深处，
蜂儿采蜜忙。

2022. 06. 23

咏　春

二月风吹梨花开，
柳叶弯弯剪刀裁。
人人都道江南早，
咏春却从北边来。

2022. 03. 11

悼诗人明月清风

壬寅春寒悲情多，
银燕突沉费琢磨。
明月清风知何去？
可晓诗友泪婆娑。

2022. 03. 25

西江月·愚人节

几多危言耸听，未曾一时停歇。岁岁旧韵出新
阙。先辈让位后学。

只惜肉眼凡胎，难识真伪世界。日日皆过愚人
节。悲情更著冷月。

2022. 04. 01

西江月·春到颐和园

远眺西山苍苍，昆明湖波荡漾。岸边处处柳丝
长，桃梨争相绽放。

仰首佛香煌煌，长廊画栋雕梁。十七孔桥披素
装，轻舟几度繁忙。

2022.04.02

蝶恋花·春夏之思

冬去春残夏方好。匆匆一别，二载何曾晓。
尤惜当年花枝俏，把酒言欢却又少。

一往情深情未了。一日三书，恐惹她人笑。
幸有电波传细语，柔情未被疫情消。

2022.06.21

三月的小雨

三月春雨潇潇下，
柳花飘入渔人家。
不知游人来何处，
好心艄公又出发。

2022. 03. 27

寒食节

寒食未寒心却寒，
欲赞文公口难言。
眼拙难识真介子，
却见烧柴灰满天。

2022. 04. 04

画 皮

——读《聊斋志异》

一念之差起风云，
知人知面不知心。
一朝头枕黄粱梦，
几多妖孽又还魂。

2022. 06. 30

感 叹

——写在 5 月 9 日

世事如浮云，
是非最难分。
昔日受害者，
今朝欺负人。
东边擂战鼓，
西邻起新坟。
南方可怜客，
有诗无处吟。

2022. 05. 09

又见蝴蝶兰

世上花朵万万千，
几度相逢不识颜。
莫道诗人庭院窄，
君子尤喜蝴蝶兰。

2022. 06. 11

鱼 儿
——题史晋宏照

游弋翠明[1]嫌水浅，
不幸鱼儿命何堪。
方食小虾尝美味，
竟做苍鹭腹中餐。

2022. 05. 15

[1]翠明湖：处北京沙河。

以文会友

——和杜东平先生

墨香四溢自天涯，
纯情更胜枕上花。
乐以诗心享四季，
相知尽是好年华。

2022. 05. 28

附杜东平先生元玉

——无花果

青青叶子果无花，
二载缘深不染瑕。
或以诗心游浊世，
相逢何必说年华。

2022. 05. 27

再题友人摄影

今日夏季昨日春，
几时风雨几时云。
红尘深处寻常事，
花开花谢尽随人。

2022. 04. 17

无　题

——题杜东平评论

佳咏佳和佳评，
有韵有味有情。
红颜表皮艳色，
思想深处无声。

2022. 05. 15

无 题

恩恩怨怨何时休，
蓝桥梦断几多愁。
诸葛巧释周郎意，
羽扇摇处息吴钩。

2022.06.26

无 题

善意无尽处，
慧眼自识珠。
"美被发现时，
发现也很酷。"[1]

2022.04.26

[1]此句用了于大平的诗。

懒人花

——赠友人

有识房窄乾坤大，
养艳不同常人家。
架上百卉香天下，
管它又是什么花。

2022.06.26

题友人摄影

静默宛如一幅画，
黄白相间蕴奇葩。
风寒方疑春未至，
窗外恰开金银花。

2022.04.16

读张·J《清明》

窗外繁花空似锦，
心头寂寥雨纷纷。
人人都道江南好，
谁料三载不知春。

2022.04.11

仙人掌

——题张·J视频

沙漠深处花中王，
断炊少水愈顽强。
一朝怒放羞百卉，
半生寂寥又何妨。

2022.05.22

书 法
——题张·J书法

一横一竖一方块，
一撇一捺亦风采。
不知教授书何楷，
只觉春风扑面来。

2022. 03. 23

晨 悟
——写给周长辉和谭磊先生

西山云重灰茫茫，
雷声夹雨猛打窗。
"东风不与周郎便"，
夜半无眠有谭郎。

2022. 07. 03

访　友

往事如浮云，
泉城貌已新。
一心寻故友，
不见旧时人。

2022.07.24

怀念维库

相识相知三十春，
几多风光几多尘。
三尺讲台育桃李，
春风化雨铸人文。
揽才四海礼下士，
学富五车大学问。
三维和谐[1]出新论，
一缕阳光[2]照丹心。

2022.07.05

[1]三维和谐指吴维库教授提出的与自己和谐、与他人和谐和与组织和谐。

[2]一缕阳光指吴维库教授广为流传的阳光心态。

青岛记忆

琴岛添风韵，
栈桥踱离人。
惜吾韶华逝，
难觅旧光阴。

2022.07.25

泉城吟

举目蓝天衬白云，
且喜泉城日日新。
只惜荷前人不在，
几时寻得旧光阴。

2022.07.24

雨 夜

——和一白先生

夏令风雨劲，
更著夜深沉。
纵然瓢泼下，
仍有同路人。

2022.07.24

附一白先生元玉

陪同影上人到翰林公馆吃茶讲法有记

夏夜雨来急，
清凉浥井尘。
顾自瓢泼下，
不问雨中人。

2022.07.22. 夜

致谢长辉教授

君子应思奋，
冷眼看风云。
从此不嗟叹，
携手铸诗魂。

2022. 07. 30

读　书
——荐书有感

勤学不觉寒窗苦，
修来慧眼自识珠。
莫叹命运多舛处，
喜在世上有好书。

2022. 08. 30

立 秋

——瞻崂山上清宫有感

一路攀爬晒骄阳，
几度汗水透衣裳。
心驰神往登高处，
道行天下本无疆。
一尊雕像擎天地，
石壁篆刻好文章。
上清宫前读老子，
一夜醒来已秋凉。

2022. 08. 09

露台听雨

晨早窗外雨霏霏，
露台望海海亦灰。
渔帆点点遮不见，
涛声更被雨声催。
远眺海天浑一色，
几多离人不思归。

2022. 08. 10

墓　园

——听恩师说身后事

席间一语破迷茫，
人生何须论短长。
世上若得安魂处，
墓园亦是好地方。

2022. 08. 29

祈祷和平

——和一白

一边阴雨一边晴，
"倚武谋独"毁和平。
破巢之下无完卵，
握手更胜动刀兵。

2022.08.04

如梦令·崂山

太清宫台望远，明霞洞天折断。平崖惊回首，大
海空蒙浩瀚。崂山，崂山，与我喜忧参半。

2022.08.08

如梦令·秋阳

琴岛天高云淡，海上白帆点点。回首望岸边，红墙绿瓦一片。幸焉，幸焉！又享秋阳艳艳。

2022.08.07

思 归
——有感老同学们的田园照

山清水秀家乡美，
青纱帐外牛羊肥。
同窗人人皆好客，
天涯游子切思归。

2022.08.13

晚　霞

夕阳缓缓下，
光影处处佳。
乌云遮不住，
晚霞更堪夸。

2022.08.31

无　题

岛上惊天事，
群里寂无声。
莫怪人少语，
"弦断有谁听"。

2022.08.03

西江月·青岛缘

世事常无定数，琴岛廿载尘缘。昔日海滩今又还，徒生感慨万千。

礁石千年屹立，涛声依旧从前。只惜鬓发染双边，离人栈桥早散。

2022.08.02

仙人球

不慕虚荣不寻夸，
风霜雨雪孕芳华。
草球自有仙人美，
耐寒何必效春花。

2022.08.25

自　勉

时光荏苒又一秋，
男儿本色不言愁。
位卑亦然思报国，
长歌伴我竞风流。
一草一木一幅画，
一山一水一清游。
逍遥日子逍遥过，
自强何需拜码头。

2022. 01. 29

赞谷爱凌

超凡脱俗一娇娘，
中西合璧更无双。
脚下腾云惊飞鸟，
惊鸿一跃挫群芳。
一千六百二十度，
左右翻飞胜儿郎。

狂飙卷起千堆雪，
红装素裹化云裳。

菊　花

山南海北皆可遇，
清寒傲雪尤为奇。
少年只羡牡丹艳，
老来归隐方识菊。

2021. 12. 04

蝴蝶兰

时光荏苒近年关，
喜讯催开蝴蝶兰。
姹紫嫣红迎春色，
岁岁花好月儿圆。

2022. 01. 18

牵 挂

大雪纷飞科尔沁，
千里之外游子心。
一片乡情隔不断，
最念还是故园人。

2021. 11. 09

人世间
——《人世间》观后感

风起云涌四十年，
跌宕起伏人世间。
筚路蓝缕前路远，
同舟共济何畏难。
严父慈母传家训，
男儿有泪不轻弹。
云开日出阴霾散，
花好月圆艳阳天。

2022. 02. 03

秋 声

——和友人一游

一边有雨一边晴，
小径尤衬月光明。
橘落秋霜染秋色，
山里人家享安宁。

2021. 10. 18

厦 大

——纪念厦大百年校庆

风雅数厦大，
百岁正芳华。
尤思陈公善，
慷慨报国家。

2021. 04. 08

春 节

万象更新又一春，
微风细雨更怡人。
喜庆日子喜庆过，
留痕岁月亦留痕。

2021. 12. 14

春 早

　　——题友人照

温暖并非均天下，
春天早到诗人家。
泡桐难忍出新蕊，
秋霜深处看桃花。

2021. 10. 26